모아드림 | 21세기 | 기획시선 ⑯

노을보다 더 쓸쓸한 하루

류석우 시집

2000
모아드림

노을보다 더 쓸쓸한 하루

글쓴이 / 柳石雨
펴낸이 / 孫貞順
펴낸곳 / 모아드림

1판1쇄 / 2000년 12월 6일
서울 서대문구 북아현3동 180-22
전화 / 365-8111~2
팩시밀리 / 365-8110
E-mail / morebook@netsgo.com
http://www.morebook.co.kr
등록번호 / 제2-2264호(1996.10.24)

ⓒ 류석우
ISBN 89-87220-73-7

노을보다 더 쓸쓸한 하루

自序

부질없는 세상과 인간 속에서
부질없는 하루를 마감하고
어제의 흔적도 다 지우고
詩도 지우고
지울 수 있는 것 다 지우고
눈 감아도 보일
비망록을 엮어본다.

2000년 초겨울
류석우

차 례

■ 自序

1부 · 판화처럼

2부 · 化石

차 례

3부 · 中毒

4부 · 비움

차 례

5부 · 알 수 없음

6부 · 풍경 – 떠나는 기차

1

판화처럼

판화처럼

에디션만 다를 뿐
똑같은 그림이듯이
예전이나 지금이나
똑같은 풍경으로 남는
그런 사랑이고 싶다.

숨지 않았음

내가 숨은 것이 아니다.
네가 가면서
모든 것이 뒤에 남는 것이다.
그때부터 서로 다른
밤을 맞고
다른 햇살, 바람 속을 가는 것이다.

서로는 숨은 적이 없었지만
가는 길이 달라 보이지 않은 것뿐,
등대고 걸었기에
낮과 밤이 달랐을 뿐.
한번도 숨은 일이 없는
청명한 시간을 모르고 떠났을 뿐….

바람

바람을 잡아본 적이 있는가?
그 마음 바람같아
어떻게도 잡을 수 없었네.

상심

가슴을 열 수 있다면
백자 항아리의 빙열처럼
수없이 금간
가슴 살을 네게 보여주고 싶다.

그 사랑을

깊은 사랑의 자양으로
자란 뿌리 하나면 되는 것을
그 큰 사랑 하나면 되는 것을
무엇을 더 가지려 하는가?
더 받은들 넘쳐 흐를 뿐인 것을,
그대, 아직도 모르는가?

곁가지는 가지대로
그 사이 스치는 바람은 바람대로
그냥 놔 둬도 되는
그 사랑을

든든한 뿌리는
비바람에도 흔들리지 않는다.
순수의 물과
진실의 흙에 덮혀진
큰 사랑의 뿌리는 흔들리지 않는다.

못

그에게서
잊혀지지 않는
흔적이 되려고
못 하나 되어
그 가슴을 찔렀다.

··· 싶었다

햇살이고 싶었다.
夜來香 꽃이고 싶었다.
새벽 산길 한 모금 石水이고 싶었다.
네가 원하면
낭떠러지 금잔화도 꺾어올 수 있었고
네 잠을 덮는
무명의 어둠이어도 좋았다.
가파른 길, 길잡이 되어
네 생애를 지키는
그림자이고 싶었다.

그 말

지금은 그대 귀 언저리에도 들리지 않을
이야기지만
내가 이 세상에 없을
먼 훗날에라도
그렇게 뒤늦게 들을 수만 있다면
꼭 전하고 싶은 말이 있었네.

미운 얘기, 싫은 얘기 다 아닌
아픈 얘기, 궂은 얘기 다 아닌
가슴에 끝내 간직했던 얘기 하나,
어떤 그림보다도 아름다웠던

천 개의 지우개로도 지우지 못한
내 생의 불빛이었던 이야기,
내 어둠의 길이었던 이야기,
그대에 관한 단 한 줄의 이야기

"사랑이여"

새

남도 산녁을 떠돌다 보면
그리움 머금은
새 한 마리
몸이 무거워
저 해안에 닿을 수 있을까.
지금에도 그리움 뱉아버리면
가볍게 훨훨 날게 될 텐데…

그리움의 더러움

그리움은 때로 더럽구나.
때도 없고 악취도 없지만
나를 구길 만큼 더럽구나.
그 더러움에 목을 매어
물 한 모금도 소화되지 않는
쉰 목에서 나는 단내음,
그와 하나였던 순간의 단내음,
그리고 다시 더러운 그리움
더욱 갈증나게 하는 그 더러움.

울음

숲이 큰 소리로 울어도
눈물 흔적 없듯이
나 또한 눈물 없이 크게 운다.

아무 때나 흘리는 눈물은
울음이 아니다.
상처난 온 몸이 슬픔에 젖어
어둠을 다 적시는 울음.

평생의 눈물을 한꺼번에 울고
깊은 밤에 서면
죄같은 사랑도
아름답게 남는구나.

그곳의

잊었다고 해서
그 자리가 비어지는게 아니다.
그냥 비어있다 해서
아무나 들어갈 수 있는 것이 아니다.

그가 있던 곳은
영원히 그의 자리.
떠난 곳이기도 하고
빈 자리이기도 하지만
그 만이 그 곳의 열쇠를 갖고 있다.

毒性

피 검사로도
X-ray로도
초음파로도 찾아낼 수 없는
그 여자의 毒性,
저도 모르게 감염된 사내가
한 세월을 앓고 있다.

2

化石

化石

化石이 된 여자와 헤어진 후
킬리만자로의 표범을 만나러 갔다.
세상을 굽어 보아도
사내들은 다 쓸쓸해 보였다.
肝이 점점 굳어가는 사내나
쫄아든 간으로 웅크려든 사내나
고독한 걸음은 매 한 가지,
불빛에 스치는 여자들은
다들 그렇게 化石이었다.

소묘

끝없이 주기만 해도 좋을
사랑 하나를
기둥 삼아
방 하나 드리우고

그 동네 바라보며
'잘 살거라!'
그리곤 벽을 향해 돌아눕네.

지금부터는

길이 끊기고
나무들이 사선으로 눕고
바람이 내게로만 부는
지금부터는
추
억
이
다.

상실

그때 그는
꿈에서도 내 사람이었다.

바람 불던
눈 비 오던
우리만 아는 길이 있었고

어느 날
햇빛 지나고, 江이 끝나고
구름 잠시 덮히고 난 후
길과 풍경이 지워졌다.

그리고 홀연히
그도 보이지 않았다.

없는 대로

바람 막아준
그대 등, 없으면 없는 대로

시린 손 녹여준
그대 손, 없으면 없는 대로

그대 가고 나면
늘 춥고 적막했으니

그대 가슴 거둬간 오늘
반쪽 가슴으로 숨쉬면 되지.

미움

미움이 절반이라는 것은
그리움이 절반이라는 것이겠지요?

머리 끝까지 미움이라는 것은
발 끝까지 가득찬
그리움이라는 것이겠지요?

하나로 모였던 가슴이
떨어지고 나면
미움 절반, 그리움 절반

아름다웠던 시절 다 잊은 채
제 가슴만 아프다고
미워하는 일 밖엔 남지 않은

사람아!
사람아!

지울 수 없음

이 세상 마지막 끝말인
"안녕!" 으로도
널 지우지 못한다.

널 지울 수 있음은
내가 이 세상 떠나고 없는 일,

신 새벽이든, 칠흑 밤이든
없는 길이든, 보이잖는 길이든
내 가슴 무덤 될 때나
널 지울 수 있을까?

하룻밤

백 년은 몰라도
남은 세월은 내 사람일 것 같던
그런 밤
살에 섞여, 피에 섞여
다 주고, 다 갖고

잠깨니 어느 새
텅 빈 자리만,
멀어지는 걸음소리가
한 세상을 나누네.

아직도

지금 네 말은
창이다, 칼이다, 못이다.
한 때는 노래보다 감미로웠던
지금 네 말은
毒이다, 미움이다, 슬픔이다.

그래도 때때로
그 음성이 듣고 싶다.

너무 추워 웅크린 채
길고 긴 밤을 건너가며
문득,
네 음성이 그립다.

타인

누구세요?

잘 들리지 않았는지,
이미 목소릴 잊었는지,

길녘에서 우연히 마주쳐도
눈길은 먼 데로 향해 있는,
어쩌다 눈길 닿아도
그냥 무심한

누구세요?

오염된 사랑

Sex의 절정에서
"사랑해요!"

돈에 몸 팔으며
"사랑해요!"

이기의 숫자를 세며
"사랑해요!"

그래서 시궁창에 던져진
"사랑해요!"

언제일까?
수채화 같은 가을 날
가슴 떨리는
"사랑해요!"
만날 수 있는 날은…

간이역

이게 마지막 驛이라 생각했다.
中年의 겨울을 방랑해 온
날 멈추게 한 곳,
따스한 그의 품은 벽이 되어
날 편하게 가뒀고

그러나 그가 일어서자
사방은 다시 허허벌판,
다시 또 겨울로 떠나야 하는
지금 여기
또 하나 간이역일 뿐이었다.

어떤 사랑

마실수록 마실수록
갈증 더 하는
소금물같은 그 사랑으로
핏금 난 가슴을 채워가면
때론 황홀한 아픔도 있는가.

남

한 때는
나무 내음이 난다며
내 등에, 너는
생애의 무게를 얹은 적이 있었다.

지금, 손 끝조차 닿을 수 없는
우리는
소름처럼 떠는 살의
남이 되었다.

3

中毒

中毒

사랑은
손과 손의 중독
입술과 입술의 중독
속삭임과 속삭임의 중독
바라봄과 바라봄의 중독
껴안음과 껴안음의 중독
그리움과 그리움의 중독

그래서 이별 후엔
해독의 세월이 길다.

刑罰

그 사람에겐
내 그리움이 형벌이었네.
그의 커텐에 드리우는
내 그림자도 형벌이었네.
가슴 밑까지 도려낸
그런 이별이 아니어서
때때로 눈가에 잡히는 나 때문에
그는 자주 눈을 감네.
슬픔과 미움이 하루를 덮는
그에겐 끝나지 않은 형벌이었네.

추억은

나무에서 떨어진 잎새를
낙엽이라 하지.
사랑에서 비껴간 세월을
추억이라 하지.

잎새는 구르다가
어디선가 흙이 되지만
추억은 가슴에 큰 집을 짓고
긴 긴 날을
비가 되지.
바람이 되지.

통화중

돌아가야 하는데
길을 모른다.
길을 물으려도 발신을 해도
수신이 되지 않는
그 사람 전화

뚜-뚜-뚜-뚜.
걸어도 걸어도
그 전화는 아직도 통화중

돌아가야 하는데
어둠이 오는데
그 사람 전화는
아직도 통화중….

끝

한 때는 사랑이
입을 닫게 하고
눈 멀게 하고
모든 숨을 다 죽이기도 했지만
가슴만 불길에 휩싸여 있었지만
오늘
그 흔적 자취 없고
눈 크게 떠 찾아봐도
바람에 날리는 잿가루뿐이네.

그런 것

사랑은
거짓 속에서조차 죽어 있다.
사랑은 때로
눈부신 장식이기도 하지만
이내 을씨년한
흉물의 뼈를 드러낸다.

응징

잘못 사람을 본 죄로
눈에 핏금이 가고
잘못 사람을 담은 죄로
옆구리가 결리는가?

그렇게 헛살았다고
오늘은
아프게 가슴 울리도록
바튼 헛기침이 그치질 않는 건가?

人間事

지금은
옛날의 겉 모습만을 닮은
化石일 뿐이다.
너는.

손 끝조차 닿지 못한
그 날부터
네 원형은 사라졌다.

보이는 것만으로
변하는 게 아니라면
이 세상 변할 건 아무 것도 없다.

때론 대자연도 변심하여
저런 천둥 번개를 때리는데
얕은 물 찰랑이는 사람 마음
무너지고 굳어짐은
흔한 人間事…

그때

꿈이 꿈을 배반할 때
피가 피를 배반할 때
살이 살을 배반할 때
웃음이 웃음을 배반할 때

물 흐르는 길이 바뀐다.
바람 가는 방향이 바뀐다.

사는 일이 사는 일을 배반할 때
걸음이 걸음을 배반할 때
손이 손을 배반할 때
추억이 추억을 배반할 때

모든 풍경이 바뀐다.
얼굴과 얼굴이 바뀐다.

충고

남루해진 사랑은 지키는 게 아니고 변질된 사랑은 끌어안는 게 아니라고, 조화는 아무리 아름다워도 향기가 없고, 가면 역시 그냥 가면일 뿐이라고 나는 당신께 말해주고 싶네.

진정한 사랑은 이슬방울처럼 아주 작은 아름다움일지라도, 세상 어떤 名利보다 더 크고 소중한 것이라네. 거짓된 사랑은 아무리 영롱해도 잠시 후 빛을 잃고, 티끌처럼 초라하니, 이젠 기만의 業에서 헤어날 것, 그렇게 충고하고 싶네.

때론 무심이 얼마나 복락인지 깨닫는 날 있을걸세. 백만 송이 조화보다 이름모를 야생화가 더 향기롭고 아름다운 법, 진정한 사랑은 그런 거라네.

이젠 마음이 좀 편해지는가? 허상도 허망도 마음에 숨어 있는 것, 이제 나와 산녘이나 걸을까? 저 물소리, 바람소리, 가는 길만 좇으면 헛된 것에 헛되게 속는 우매함에 다신 빠지지 않을걸세.

오답

그의 웃음, 목소린 물론이고
그의 울음, 투정, 콧소리, 억지, 고집,
신경질, 성냄, 심한 에고,
사랑의 풍경 속에서는
다 소중하고 아름다웠다.
그러나 그것들이
그 풍경을 벗어날 때
추함만큼 미움이 되었다.

Time Out

시간은 끝났다.
술잔도 끝났다.
가로등도 끝났다.
바라봄도 끝났고
입술도 끝났다.
손도 끝났고
웃음도 끝났다.

내일도 끝났다.
오늘은 폭우
긴 장마가 시작된다.

Fax 글자처럼

세월 가면 흐려지다
끝내 지워지고 마는
Fax의 글씨처럼
그렇게 지워지는 사랑.

지워져도 흔적이 남는 글씨처럼
가슴에 남은 사랑은
때로 눌러보면 아직 아프고

이젠 누구도 알아볼 수 없는
Fax에 쓰여졌던 사랑은
세월의 휴지통에 버려지나.

이제 시작하는 추억의 잠에
옛날의 키로 일어나서
널 깨우는 안부가 될까?
그렇게 꿈에서나 살아나게 될까?

4

비움

비움

밤새도록 토하고 나니
말끔하도록 속이 비어졌다.
나중엔 신물에 섞여
슬픔 한 줌,
쓰라림 한 줌이 토해졌다.
모든 수분 대신
청량한 바람 크게 마시니
문득, 세상이
말갛게 보였다.

가면놀이

가면은 표정이 없어
진실한 말 한마디 없다.
그래도 사람들은 가면에 취해
시간 가는 줄 모르고
가면놀이에 빠져 있다.

虛心

내 것이라고 생각했던
모든 것들,
이승에 다 두고가야 할 것들
잃은 것 같아
가슴자락이 허전했었지.

진정으로 갖는 것은
바람처럼 만져지지 않아도
속속들이 안겨지는
순간의 그 마음뿐,

때론 한 발 멀리
바라만 보는
그 또한 진정한 가짐이었으니

영원을 말하는 입보다
순간의 몸짓이 더 진실한 것
풀잎으로 스러지는 생에
가졌다고 말할 것 하나도 없네.

깨달음

이 세상 가질 수 없는 게
너무 많이 있다는 것을
젊은 날 알았다.

이젠
꼭 하나만 가져도 좋은
그 무엇, 결코 가질 수 없다는 것을
흰 머리 돋는 나이가 되어
비로소 알았다.

知天命

天命을 안다는 나이에
사실은 天命이 뭔지도 모르는데
망가진 육신 어디선가
그만 돌아가자고 한다.

돌아갈 길도 모르는데
가다 보면 그게 바로 가는 길이라며
그만 돌아가 눕자고 한다.

하기사 이 세상, 그 무엇 챙길 게 없고
비바람 맞을 만큼 맞았는데
헛헛한 육신 한 줌
어둠에 뉘인들 아쉬울 일이…

가서 먼저 기다리면
고운 사람, 미운 사람 차례지어 다 올 것
먼저 가는 강물이나
먼저 가는 바람이 아쉬움 없듯이
홀연히 가는 것이 天命을 아는 거네.

길

아무리 山을 걸어도
그 山을 넘을 수는 없다.

아무리 江을 따라 걸어도
그 江을 건널 수는 없다.

한 생애를 네게 가고도
끝내 네게 닿을 수 없는

가도가도 끊기는 그 길은
길 아닌 길…

하루의 끝

낭떠러지 같은
하루의 끝에 서면
그림자 하나만 남는다.

진실과 허위를 잡았던 손
진실과 허위를 보았던 눈
진실과 허위를 들었던 귀

걸어간 시간의 흔적도 없는
그림자의 하루

불빛 한 점 없는 길목에서
그래도 기다리는 그 무엇이 있다.

손에 대하여

물감의 때가 낀
그 손에 현혹되지 말 것
음습한 거래를 주고받은 손
사랑의 낱말로 사랑을 희롱한 손
오욕에 물든 그 손에
진정한 색깔 한 점 묻어 있지 않으니
욕망의 갈퀴 같은
그 손의 탐욕에서 비껴 서 있을 것.
진정한 화가의 손은
순결한 핏줄만 눈에 띤다.

사람 사이

남을 버린들
내가 버려진들
모두가 부끄러운 일이다.

사람 사이에
네 탓, 내 탓, 따지는 것부터가
민망한 일이다.

금간 뼈는 다시 맞춰
흔적없이 아물게 한다지만
사람 사이 벌어진 틈새는
점점 골을 깊게 할 뿐이니

그땐 이미 서로에게서
버려진 것,
누구의 길이 맑고 밝아
한 세상을 잘 간다 하겠느냐.

오마 · 샤리프

내가 즐겨 피우던
'오마샤리프'를 더 이상 피울 수 없다.
로얄티 계약이 끝나
생산될 수 없다고 한다.

몇 년 세월
불면과 함께 하고
닿을 수 없는 그리운 이보다
더 가까이 있었던
'오마샤리프'

아무 때나
情人보다 더 쉽게
내 육신 세포에 섞여들어
날 위안하고 편안케 했던
이젠 '오마샤리프'를 피울 수 없어

낯선 담배 꺼낼 때마다
사랑하는 이 영영 떠난 것처럼
허전함으로 멈칫거리네.

급성 황달

눈동자가 노래지더니
눈망울이 다 노래지고
얼굴, 목까지 노래졌다.

처음엔 황혼의 빛살 때문인가 했다.
노오랗게 물든 은행잎들을
자주 밟고 걸은 탓인가 했다.

병원에 가보니
그런 낭만적인 이유가 아닌 걸 알았다.
간이 나빠져
급성 황달이 온거라 했다.
순간 세상이 노랗게 보였다.

누가 봐도 황색인종인데
누가 그걸 더 확인해 달랬는가?
그렇게 황당한 변고가
나도 모르게 진행되고 있었다.

사이비

화판을 보지 마라
이기와 허영의 색깔만이 보일지니
삶이 아무리 무겁다 해도
속된 웃음으로는 풀어지지 않음을

손톱에 낀 물감의 때 내보이며
예술의 덧칠을 하지 마라
진정한 화가는
밝음과 어둠을 가슴에 감추고
영혼의 빛깔을 보여주는 것이니

몸을 파는 것보다
정신을 파는 것이 더 슬픈 일
그렇게 이름 석자 떼어본들
헛되고 헛되고 헛되도다

진정한 사람만이
진정한 꿈을 그려낼 수 있는 것
아직도 멀고 먼 길이
그대에게 남아 있으니

사람

사람에 대해 제대로 아는 일이
바람 부는 방향을 아는 일보다
더 어렵고
江물 속 알기보다 더 어렵고
비 오고 멎는 일 알기보다
더 어렵다.

그래서 사람에게 가는 길이
어떤 길보다 멀고
그래서 기를 쓰며 더 가보려 하고
그렇게 간 길을 헛걸음 하며
절뚝이며 돌아온다.

부질없음

부질없다고
살아 있음과
손 잡고 놓는 일이
부질없다고

모를 길을 떠돌며
쓴 소주로 내장을 태워도
적막강산이 말을 하네.
그 또한 다 부질없다고…

5

알 수 없음

알 수 없음

세상에 대해서, 인생에 대해서
알 만큼 안다고 생각했었다
춥고 쓰린 삶과
평화로운 방에 대해서
꿈같은 사랑에 대해서
그것의 치사한 종말에 대해서
이젠 더 알게 없다고 생각했다.

바람이 왜 이리저리 불고
왜 덧없이 나뭇잎이 떨어지는가에 대해
어둡고 먼 길을 알면서도 가는 것에 대해
나는 알 만큼 안다고 생각했다.

그러나 지금 나는 아무 것도 알지 못한다.
세상의 모든 것이 왜 낯설어야 하는지
가선 안될 길목에 서 있어야 하는지
그 사람이 왜 추억의 사진첩에 들어가야 하는지
정말 알 수 있는 게 하나도 없다.

雨日

폭우 속에서도
젖을 수 없는 것은
젖지 않는다.

길을 떠나지 않는 사람들과
사방 문을 다 닫은 사람들은
절대 젖지 않는다.

우비를 입고 큰 우산을 써도
슬픔의 힘으로 가는 사람만이
속속들이 젖고

그 슬픔을 건네받은 사람 역시
가슴부터 먼저
젖기 시작한다.

없는 길을

江을 건너지 않아도
山을 넘지 않아도
떠나는 사람은
어디로든 간다.

바람의 힘 빌리지 않아도
발자국 소리 내지 않아도
떠나는 사람은
길 없이도 잘도 간다.

희롱

열 번을 속아도
또 사람을 사랑하고마는
길녘의 바람처럼

가도가도 빈 길뿐인
사랑의 풍경을 세우려고
깊고깊은 밤을 걸었다.

가다 보면 때로
허구가 되어버린
사랑의 신기루에 속으면서

그 헛됨에 속아
거품의 희망을 끌어안고
사람들은
사랑이란 낱말에 희롱되고 있다.

건널 수 없는 길

때론 푸른 신호등이 켜져도
멈춰 서 있을 때가 있다.
길 건너 찾아갈 곳을
잊어버리고

빨간 신호등이 켜지고야
갈 곳이 떠오르는데
그 곳은 갈 수 없는 곳,
그걸 깨닫고
다시 푸른 신호등을 바라만 본다.

雨中

비 속에서는
모든게 불분명하다.
거리도, 불빛도, 사람들 모습도

빗발이 가려서가 아니다
우산으로 가려서도 아니다
모든 것이 흔들리며
흐르는 탓이다.

유일하게 분명한 것은
혼자 가는 사람의
젖는 시간들이다.
더불어 젖는
추억의 풍경들이다.

仁寺洞 雪夜

새벽 세시
눈 나리는 인사동을 나서면
모든 풍경이 지워진다.

어디서 잠들어 있을
그를 향한 희미한 그리움에
오한이 인다.

늘 걷는 길인데도
나설 때마다 낯선 것은
손 한 줌으로 남은
추억 때문인지도 모른다.

정지된 풍경을 지나며
헛발을 디딜 만큼
갑자기 허기가 진다.

자유의 날개

문을 닫으며
하루를 지운다
슬픈 땀이 배인 손과
속된 일에 얼룩진 얼굴을 씻으며
하루를 닫는다.
지상의 헛된 꿈과 말을 버리며
닫힌 방에서 찾아가는
멀고 먼 비움의 길.
아무 것도 갖지 않음으로,
얻게 되는 자유의 날개.

꿈에서야

어디인가
잠이 들면
낯선 길이 열리고
누가 날 부르는 소리

이 세상에 날 부를 이 없는데
대바람 소리 뚫고
누가 날 부르는가.

접어둔 추억의 갈피에서 빠져나온
목소리 하나가
왜 꿈에서야 나를 부르고 있는가.
캄캄한 길에서야 나를 부르는가.

두려움

누가 누구를 등지고
누가 먼저 얼음칼로 찌른 것이
중요한 게 아니다.

누가 먼저
푸른 창에 흙칠하고
赤線을 그은 게 중요한 게 아니다.

더 이상 마주 볼
세월이 없는
캄캄한 天地가 두려운 것일 뿐…

그림자

그 사람 하나 밖엔 없다고
어둔 길녘에서도 생각하지만
찬 바람 옆구리 훑고 가면
아무도 없는 듯하고

간이 굳어 술 한 잔도 눈치보는
저녁 나절 노을보다 더 쓸쓸한

그래도 끝내 날 놓지 않는
야윈 그림자에 끌려
어둔 날을 걸어가고 있다.

무엇으로

진실한 잎새도
가을이면 진다.

진실한 열매도
가을이면 떨어진다.

어떤 진실한 풍경도
때가 되면 기운다.

하물며
거짓으로 도금된 사랑이야
하루 해가 지기 전에 스러지는 것

무엇이 그보다 더한 아름다움 있어
오래 서서 머물 수 있을까?

제주에 닿으려면

겨울 제주를 가기 위해선
바다를 건너는 게 아니다.
바람을 타고
바람이 되어 닿아야 한다.

무한의 슬픔을 저장한
바다에 몸을 적신 채
그 물결로 건너가야 한다.

닿기도 전에 떠날 길을 여는
낯선 만남처럼
땅을 디뎌도
온전하게 서 있게 못한다.
제주는

희망도 절망도 다 덮은 안개 속을
길 없다, 길 없다 하면서
닿는 줄 모를 때에
비로소 닿고 마는
제주의 맨 땅.

6

풍경 - 떠나는 기차

풍경 1 - 떠나는 기차

기차는 늘 떠나기만 하는 것인 줄 알았다.
아니, 지금도 그렇다.
돌아옴은 짧고
떠남은 먼 것이므로

이 세상, 어떤 만남
한번은 꼭 떠나야 하는 것,
그중에서도 슬픈 일은
보이는 길로 가는 것이 아닌
저도 모를 길로 혼자 가는 것

시간대로 떠나고 돌아오는
저 기차의 떠남은
슬픔의 무게만큼 길을 가고
우리 가는 길 또한 그렇다면
어떤 역에서도 배웅하지 말 것…

끝 모를 이별의
길게 뻗은 레일 위에서
준비된 인사는
누구에게도 없으니

풍경 2

그의 집 골목의
가로등은 늘 꺼져 있다.
한 시절의 사랑이 저문 이후
아무도 그 등을 켜지 않는다.

새까맣게 죽은 그 사랑의
절망스런 밤을 놔둔 채
그는
다른 길로 돌아가고 있다.

풍경 3

어느 날
네 안에
나도 모르는 풍경이 있음을 알았다.

어디든 입구가 없는,
낮과 밤이 바뀐
낯선 풍경

나는 돌아섰고
저만치서
추억의 마차가 달려오고 있었다.

풍경 4

갑자기 모든 게 참 낯설지요?
비, 바람 모든 게 낯설지요?
차 맛도 음악도 낯설지요?
물 위를 걷듯 걸음도 휘청이고
밤이 오는 풍경도 낯설지요?
그 사람 하나 없을 뿐인데
세상 모든 것이 왜 이리 낯선가요?

풍경 5

태풍 엘리뇨가
산산이 찢어논
그 동네의 풍경

다 떠난 빗길을
빛바랜 사랑이
날아가고 있다.

풍경 6

게임은 끝났다.

한 사내가
빈 주머니에 손을 찌른 채
赤外線을 따라 사라진다.

풍경 7

그 사람의 눈동자에 비친
점 하나
원시안경으로 들여다보니
목상처럼 굳은
내 모습이었다.

풍경 8

세월도 머물지 않고 가는
빈 의자에
비 젖은 잎새 하나
떨어진다.

살다 보면 때론
세월과 상관 없는
풍경 속에
머물 때가 있다.

오늘의 풍경

좋은 詩가 드문 시대엔
좋은 그림도 드물지.
때 절은 머리로
탐욕에 길들여진 손으로
쓰는 시와 그림이
영혼의 방엔 들어올 수 없는 법.
도금된 예술이
착시현상으로 흘릴 지는 모르지만
모두다 그게 허망임을 알지.
광고지처럼 곳곳에 너덜대는
그런 詩와 그림들,
이젠 환경정리를 해야겠지.
이 음습한 도시의 방에서

비껴 선 풍경

오늘은 모든 것들이
비껴 서 있다.
햇빛도 바람도
집과 나무까지도
다 비껴 서 있다.

비껴 서 있는 것들은
서로 기대지 않고
고립되어 떠 있다.

만남도 매 한가지
곁을 주지 않고
스치며 스치며 지나간다.

길은 갈수록 비껴가고
점점 벌어지는 사람 사이로
어둠만이 곧게 지나간다.

풍경 속의 바람

가까이에서도
보이지 않는
겨울 속의 모든 풍경

그러나 알고 있다
무정한 슬픔이
그 풍경 속에 숨어 있음을,
그리고 사람의 말이
그 풍경보다 더 헛된 것을
사랑은 더욱 더 헛된 것을

바람의 길이
어찌 곧게 가길 바라랴
곧게 가면 바람이 아니고
사랑 또한 그와 같다.

두려운 풍경

슬픔의 힘으로 걸어가고
절망의 힘으로 살아간다는 말이
무슨 뜻인지 몰랐었다.

어느 날
배반의 칼을 맞고서야
슬픔이 강물처럼 오고
절망이 암세포처럼 전신에 퍼지는 걸 알았다.

꿈이 힘나게 하던 날과
아무 꿈도 없는 날의
無望한 풍경 속에서
절망의 힘으로 사는 일이
절망보다 더 무섭다.

슬픔에 끌려
절망에 밀려
흘러갈 남은 세월
어떤 풍경도 세워지지 않을
그런 날들이 두렵다.

쌍날을 품은 時代의 지킴이

장 윤 우
(시인 · 성신여대 교수)

좋은 시가 드문 시대엔
좋은 그림도 드물지.
때 절은 머리로
탐욕에 길들여진 손으로
쓰는 시와 그림이
영혼의 방엔 들어올 수 없는 법

위 시는 류석우 시인의 시 「오늘의 풍경」 중에 전반부이다. 시(文學)와 그림(美術)의 밀접한 관계를 암시하는 내용이며 영혼의 방에 들 수 있는 순수한 창작정신이 얼마나 중요한가를 일러둔다.

열다섯 번째 시집에는 무려 80여편의 주옥같은 시들이 수록되어 있다. 200자 원고지 2매 이내에 들어오는 짤막한 시구들은 하나도 버릴 데가 없는, 이 시대의 어둠을 밝히는 등불과도 같다.

　음습한 도시의 방에서 광고지처럼 곳곳에 너덜대는 그런 시와 그림들을 환경정리 해야겠다는 류석우 시형과 나는 아주 오랜 교분을 맺어오고 있다.

　비슷한 연배에다가 시와 미술의 두 길을 걷는다는 공통분모가 있다. 무엇보다도 두 길에 대한 그의 열정과 줄기찬 용출을 나는 감탄하고 어느 면에서는 두렵기까지하다. 그의 형형한 눈초리를 보라. 크지 않는 키에 다부진 체구의 당당함을 보라. 굳게 다문 입술은 언제 장광설이 튀어 나올지, 미술이 미술같지 않고 시가 시답지 않은 시대를 개탄하고 참된 작가정신, 숨어 지내는 진정한 미술가 발굴에 하루가 짧다고 뛰어다니는 걸음걸이를 보라. 우리는 미술의 거리 인사동에서 그를 자주 만나게 된다. 부지런함과 예리함이 그의 특기이다.

　이미 정평으로 높은 인기를 누리는 미술전문지 《美術時代》가 누구의 손에서 누구의 뜻을 담아내고 있는지 모르는 이가 드물 것이다. 나와 많은 미술인과 미술애호가들도 이 잡지를 탐독하면서 그의 의지를 알아내고 오늘의 한국미술이 어느 방향으로 흐르고 있는지를 짐작하게 된다.

　고급 아트지와 화려한 색상으로 마치 해외 미술지를 대하는 듯한 잡지, 또한 해외 교민들과 관련기관, 작가들에게도 폭넓게 읽히는 미술잡지의 주간이란 정말 힘든 자리임에도 류석우 주간이자 시인은 자신감 넘치는 힘으로 이끌어오고 있는 터이다. 한국 미술의 현주소를 알려주고 어떻게 나아가야 할지를 제시해준다.

　40여년 동안 나 역시 미술계에 몸담고 미술교수의 입장에서 그를 주시했고, 그의 생각을 읽어 냈고, 《美術時代》에 기고 해주고 그리고 같은 시우로서 동반한다는 기쁨을 자랑하고자 한

다. 궁핍한 시대의 미술계를 위해 헌신한 그에게 국가는 빚을
지고 있다. 나라면 벌써 보국훈장이라도 수여하였을텐데.

  내가 오늘 시인으로서의 류석우를 얘기하고자 함은 너무도
당연히 시인이기 때문이다. 평생 몇권 시집도 내기 힘든데 그는
이미 『4월의 묵시록』, 『겨울달빛』, 『부랑의 뼈』, 『그대의 사막』,
『그대 추운 시간들을 채우는 노래』 등 무려 15권이나 되는 시집
을 가지고 있기 때문이다. 한 편 한 편이 칼 끝으로 폐부를 찌르
는 시편들을 수없이 발표했기 때문이다.

  시와 미술의 쌍날을 품고 있는 그런 류석우 시인의 새 시집
에 감히 평을 한다는 건 무례일 밖에 없다. 그럼에도 너무도 그
의 시작품을 탐독하기에 널리 알리는 일에 나도 끼여들고 싶어
서이다. 실제 나의, 특히 금속작품들에 대하여 잡지에나, 구전
으로나 대접을 받고 있기에 보은이라도 하고 싶은 심경에서 이
렇듯 지면을 더럽히고 있는지 모른다.

  마실수록 마실수록
  갈증 더하는
  소금물 같은 그 사랑으로
  핏금 난 가슴을 채워가면
  때론 황홀한 아픔도 있는가.

— 「어떤 사랑」 전문

  그의 사랑으로 가슴을 채우면 나는 황홀한 아픔을 느끼고 마
실수록 갈증을 더 느끼는 류석우 시인이지만 류 시인의 사랑을
받는 장윤우나 가령 이석주, 황주리, 전준엽, 이왈종, 김병종,
정현숙, 오숙환 같은 화가들은 위 시의 내용을 이심전심으로 알
아차릴 것이다. 그의 시들은 전반적으로 어렵지 않다.

  난해시가 판을 치는 문단에서 그는 어느 아류에도 물들지 않

고 내면의 절실함을 진솔하게 표현해 준다. 어찌보면 간명하나 씹고 또 씹으면 은유(metaphor)가 있고 풍자와 페이소스가 있다. 황폐해가는 우리네 삶에 윤기를 더해 준다. 바쁜 그의 일상속에서 길어낸 생수를 마시게 되는 도시인들은 생기를 되찾는다.

　　일상과 사계절과 국토의 곳곳에서 그는 생수를 길어내고 그의 눈빛이 닿는 모든 산물은 시가 된다. 사랑으로 변한다. 그렇다고 그의 삶이 어찌 무지개일 수만 있을까. 배반의 아픔과 울음도 있기에 우리는 류석우 시인이 더 마음에 든다. 정감을 갖게 된다.

　　숲이 큰 소리로 울어도
　　눈물 흔적 없듯이
　　나 또한 눈물 없이 크게 운다

　　아무 때나 흘리는 눈물은
　　울음이 아니다
　　상처난 온 몸이 슬픔에 젖어
　　어둠을 다 적시는 울음.

　　평생의 눈물을 한꺼번에 울고
　　깊은 밤에 서면
　　죄같은 사랑도
　　아름답게 남는구나.

　　「울음」의 전문을 통해서 아무때나 흘리는 눈물은 눈물이 아님을 다시 상기하게 된다. 그렇구나. 울음을 삼키고 삶이 아무리 고단하다 해도 평생 한번으로 한꺼번에 울자꾸나.

꿈이 꿈을 배반할 때 / 피가 피를 배반할 때 / 살이 살을 배반할 때
/ 웃음이 웃음을 배반할 때

물 흐르는 길이 바뀐다 / 바람 가는 방향이 바뀐다

사는 일이 사는 일을 배반할 때 / 걸음이 걸음을 배반할 때 / 손이
손을 배반할 때 / 추억이 추억을 배반할 때

모든 풍경이 바뀐다 / 얼굴과 얼굴이 바뀐다

—「그때」 전문

「그때」 우리의 얼굴들은 어떻게 바뀔까. 반복의 운율로 묘를
살린 위 시는 배반과 불신사회를 고발한다. 불신과 소외, 허무
와 단절이 얼마나 무서운가를 새삼 느끼게 한다.
　류석우의 면모를 짧은 지면을 통해서 모두 표현하기란 쉽지
않다. 그는 걷고 또 걷고 이 시각에도 인사동 모퉁이를 부지런
히 돌아갈 것이기에 그의 진면목을 내세울 수는 없다.
　단지 퍼내도 퍼내도 끊이질 않고 계속 샘솟는 시와 미술을
사랑하는 대한민국 모든 이들을 그도 사랑하고 선도하고자 하
는 뜻의 일단만을 표기해 두고자 하는 것이다.

새벽 세 시
눈 날리는 인사동을 나서면
모든 풍경이 지워진다.

어디서 잠들어 있을
그를 향한 희미한 그리움에
오한이 인다.

늘 걷는 길인데도
나설 때마다 낯선 것은
손 한 줌으로 남은
추억 때문인지도 모른다.

―「仁寺洞 雪夜」 부분

　인사동 파수꾼이자 이 시대 미술과 문학의 지킴이인 류석우 형과 같은 길을 동행한다는 것만으로도 나는 퍽 행복하다.
　원고를 들고 인사동 네거리 미술시대 건물 5층 계단을 오르는 발걸음이 빨라진다. 벌건 얼굴로 만면에 희색을 띄우고 반갑게 맞이하는 류형의 모습이 그려지기 때문이다.